SAFIRA COM ALABASTRO

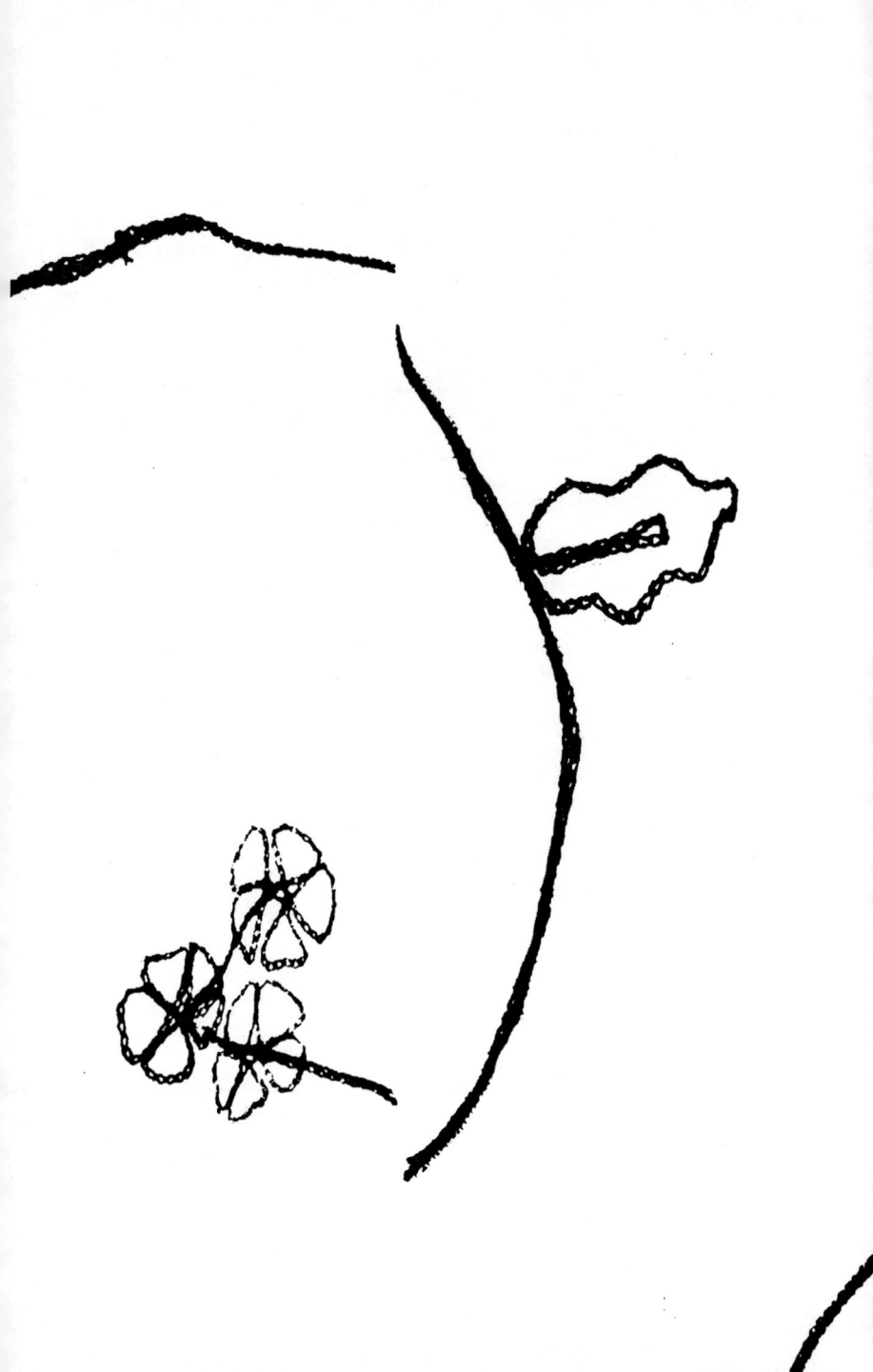

SAFIRA COM ALABASTRO

Renata Py

1ª edição, 2022 / São Paulo

LARANJA ● ORIGINAL

Sumário

um	|	Diamantes em chão de pedra 11
dois	|	O som da vida é uma anarquia 17
três	|	Vou gravar esse silêncio para ouvir de vez em quando 23
quatro	|	Do asfalto arenoso ao céu 29
cinco	|	Tamborim sinfônico 33
seis	|	Sanfona engana o pranto 37
sete	|	Aroma do beija-flor de Carnaval 41
oito	|	Fé de ateu 47
nove	|	Fora do ventre 53
dez	|	Pássaro de papel 59
onze	|	Retina tatuada em caleidoscópio das lembranças 63
doze	|	DNA em partitura 67
treze	|	Caligrafia materna 71
catorze	|	Expire no dobro de tempo da inspiração! 77

quinze | Um movimento depois do outro   83

dezesseis| Sinfonia – Último movimento   87

dezessete| Mãe!   91

Você me deixa a rua deserta
Quando atravessa
E não olha pra trás.

Caetano Veloso

| um

DIAMANTES EM CHÃO DE PEDRA

Não era uma rua sem saída, mas o fato é que nunca conseguimos achar a brecha que nos tirasse de lá. A rua Safira, esquina com a Alabastro, mantinha uma aura que a protegia da frieza de uma metrópole, como se estivesse amparada por divindades, daquelas que zelam pelos dons maternos e fazem presente o sentimento terno até em veias de homens duros ou em lares que não contaram com o choro de algum rebento. Mais do que isso, por entender em sua esfera que existem mães com o direito de recusar o ofício; e, ainda assim, nunca deixarem de ser filhas das suas esquinas.

Vez ou outra eu me pegava na janela que dava para a rua, tentando ver o reflexo das pedras do chão piscarem como diamantes na janela do seu Manoel, avô de Luísa. Minha esperança era vê-la abrir as cortinas e deixar alguma fresta para que eu pudesse acompanhar qualquer movimento da sua rotina. O tecido bordado à mão, provavelmente por dona Ana, mãe da menina, nunca deixou uma brecha para os meus desejos. A mãe da Luísa era um verdadeiro tabu. Diziam os vizinhos mais antigos que fora a estrela da rua e parece que foi embora com um mascate argentino. Deixou a menina com o pai e os avós. A vantagem que eu tinha perante a garota dos meus sonhos era sermos órfãos de mãe. O que nos dava uma ligação fora do comum, e eu não tinha vergonha de me aproveitar da situação, sendo o meu único trunfo, ainda mais por não ser o garoto mais bonito e nem mesmo o mais interessante da turma. Ambos também vivíamos com os nossos avós, sem a presença cotidiana dos pais. Não tínhamos referência feminina, a avó da menina adoeceu e não vingou. Talvez por isso, muitas vezes, ela perdia-se com um olhar para o nada. Me enche os olhos lembrar que, apesar de faceiro, o trejeito carregava desamparo. A diferença entre nós é que eu nunca soube como é ter uma mãe. Porém, ela entendia bem do assunto e, mesmo que de forma idealizada, contava alguma história da convivência curta. Bastava ter um pingo de sensibilidade para reparar que era o único momento em que a menina perdia o foco para um canto quase esquecido.

Heitor, meu pai, trabalhava na Marinha. Ficava mais tempo no mar do que em terra. Seu Ideu, pai de Luísa, tocava fazendas em Firmina, vivia na estrada. Dizem ser esse o motivo da fuga de dona Ana, a maledicência dos vizinhos afirmava: "Mulher que homem não cuida, coisa boa não pode dar". Nossos avós tinham rusga, mas no momento isso não vem ao caso. A verdade é que nunca a verbalizaram propriamente, apesar de ser nítida. O fato não impediu que eles fizessem gosto da nossa amizade. Compunha, de certa forma, um grau de identificação com as suas realidades.

O maestro Carlos Alberto Silvério, meu avô, era dono de uma solenidade ímpar. E todos se dirigiam a ele exatamente assim; título, nome e sobrenome. Nunca ouvi alguém chamá-lo de Carlão, Silveirinha, seu Carlos, Beto ou algo do tipo. Minha bisavó, dona Eduarda, contava que a música veio com ele desde quando se formou na barriga dela: "Podia senti-lo reger", dizia numa carta endereçada para um tal de Carlo Alberto Ciccione. Não a conheci, assim como à minha mãe. O que me intrigava era o fato de essas dezenas de cartas estarem guardadas na gaveta do vovô e nenhuma ter sido enviada. Nunca ousei perguntar, atribuindo a eles o direito do segredo.

A janela da minha escrivaninha mirava para a sala de ensaio do maestro e um jardim bem cuidado. Inúmeras vezes fui retirado dos meus afazeres, quase que hipnotizado pelos movimentos das batutas nos ares, que no silêncio do meu ambiente pareciam reger as folhas ao vento das nossas plantas, como se elas sentissem o desejo do vovô e, obedientes, dançassem. Lembro-me de passar horas analisando as expressões daquele senhor: a sutileza ou força dos seus movimentos, as costelas que se fechavam e abriam. Um corpo que agitava, acalmava e sofria. No silêncio do meu quarto, entendia o que a minha imaginação mandasse, pois não ouvia nota alguma. E tudo aquilo confirmava as palavras escritas por minha bisavó com sua boa caligrafia.

Luísa ficava encantada com esse mundo musical e sempre me questionava sobre as apresentações do vovô. As sinfônicas eram geralmente noturnas e fui à minha primeira, junto com seu Manoel e a neta, quando eu já era um adolescente. Não entendia a música da mesma forma como o maestro e a garota, isso me dava um certo ciúme. Algo que estava além da minha compreensão um tanto racional. Afinal, como dizia o maestro: "A música nasce com a gente; ou, simplesmente, não!". Tenho certeza de que ela passou reto no meu nascimento. Apreciava, não posso mentir, mas não tinha a mesma relação direta com a arte musical que o maestro e Luísa.

| dois

O SOM DA VIDA É UMA ANARQUIA

*O som aniquila
a grande beleza do silêncio.*

Charles Chaplin

O burburinho dessa criançada na rua e os meus pensamentos nebulosos geram o caos. Francisco tem essa mania de andar lentamente, fica quase insuportável esperá-lo tanto tempo, todos os dias. Anda devagar, admirando a paisagem, um romântico. Vai virar escritor ou poeta, provavelmente. Dramaturgo, talvez. Essa minha mania de marcar o tempo, aderindo tudo dessa vida em minha própria métrica, um dia vai me enlouquecer. Vivemos em uma anarquia sonora, o som da vida é caótico. Acho que Heitor escolheu o mar exatamente por se parecer tanto comigo; por esse motivo, inclusive, nunca fomos tão ligados como pai e filho deveriam ser. Sinto tristeza ao imaginar o quanto eu pude ter errado na nossa relação. A escolha dele foi acertada, ficar longe do pai rígido e desse caos sonoro. Concordo, mesmo entendendo a covardia da sua escolha. Tão óbvio, ainda achou que poderia me ludibriar com questões de pátria ou heroísmo. Engajou-se nessas missões após a morte da Marina. Quanta dor, Francisco ainda enrugado, com as marcas da barriga da mãe em sua pele, antes de vivenciar o alimento materno perdeu o maior dos laços. Se Heitor não se apegasse à Marinha, estaria em desvario, isso é fato. Do menino eu cuido, já que fui distante como pai. Sinto que lhe devo isso e ao mesmo tempo sou grato por essa convivência.

– Francisco, você consegue andar mais rápido? Pelo amor do meu Pai.

O que me tranquiliza todas as manhãs é observar a primeira música do dia, a cortina na casa do Manoel. Bordada pelas mãos da menina Ana, hoje fugida. Não a julgo, já que meu filho também se esquivou das suas realidades. A menina reproduzia todas as momices da mãe. Minha melhor composição de menino foi escrita com o sofrer do amor que tive por Heloísa, quando, sem a menor explicação, decidiu se casar com Manoel. Se nossos filhos tivessem a válvula de escape da arte, estariam perto dos seus filhos hoje em dia, certamente. O movimento dessa cortina me acalma, com a ajuda do vento traz o ritmo certo, natural. Como tudo deveria ser. Tento explicar isso aos músicos e muitos não conseguem entender, o som tem que fluir segundo a sua própria natureza, sem imposição dos nossos desejos. Ele decide! Tão simples. As melodias perfeitas do cotidiano estão em detalhes como esse.

Luísa é mais rápida que Francisco, é sempre ela que espera o avô. Faz parte da minha rotina, nessa hora, conectar nossos sorrisos. Menina inteligente. Não é minha neta, poderia ser, quisera eu. Temos tanto em comum. Me orgulho da ideia de começar a pagar suas aulas de piano com a Mercedes, uma figura feminina lhe fará bem. Desde meninota a pianista sonhava ser mãe, mas por ironia da vida, ou o que chamam de destino, nenhum fruto veio do seu casamento com Efigênio. Sorte do Francisco e da Luísa, pois agora são bajulados como filhos por esse casal de alma boa.

Engraçada é essa vida, outro dia mesmo eu fazia parte dessa miscelânea sonora com todos eles, ainda meninos. Manoel, melhor atacante. Já Efigênio não levava nenhum jeito para o esporte e ainda assim era louco por futebol. Heloísa era uma moleca, e quando olhávamos ela estava metida nos nossos jogos. Só tinha olhos para mim, nunca duvidei disso. Meu jeito sóbrio, sem dúvida, me sabotou em algum momento, trazendo pontos para o Manoel. Era ele quem melhor sabia fazer as mulheres rirem, não só as garotas da rua, mas todas as mães tinham alguma predileção pelo seu jeito cativante. Sinto falta da sua companhia, não posso mentir, era o único que aguentava as minhas chatices. Fazia o ambiente pesado da minha casa ser mais leve. Nos metíamos no sótão para ver as revistas de mulheres nuas que roubávamos das bancas lá do centro, perto do conservatório onde eu estudava. Era o único amigo que ia assistir às minhas apresentações e era de quem eu sentia mais falta nas viagens com a orquestra. No dia em que os olhos de Heloísa notaram o quanto Manoel poderia fazê-la leve, meu maior sonho acabou. Comecei, então, a espezinhá-lo gratuitamente. Assim como fiz com ela. Nunca em vida tive a oportunidade de lhe pedir desculpas. Até mesmo naquela noite, dias antes da cerimônia, quando ela veio aos prantos me procurar. Demos um abraço tão profundo que o seu corpo se encaixou em mim, deixando um vazio jamais preenchido. Me doía saber que o vestido costurado por dona Gonzaguinha não seria para que ela entrasse em minha direção. Eu tive a minha chance, mas no dia seguinte, por orgulho ou medo, não sei ao certo, mandei-a para longe. Talvez até por estima a Manoel. Ainda tive o cinismo de enviar presente com cartão de felicitações e ir ao casamento com cara de bem resolvido. Virou música, a abstração dos meus sentimentos faz parte do meu ofício.

– Já era tempo, menino. Me dê sua mala e ajeita esse cadarço. Vamos!

| três

VOU GRAVAR ESSE SILÊNCIO PARA OUVIR DE VEZ EM QUANDO

Foi no seu Opala dourado que percorri as primeiras estradas, antes mesmo dos primeiros passos. Foram suas botas empoeiradas de terra que deram meu referencial de jornada. Seu semblante e gesto lentos, quando olhava a natureza em volta das nossas andanças pelo mundo, fizeram a ser humana que sou.

Com você aprendi o respeito pela trajetória, o desapego das coisas que não podem seguir, a ter o mundo todo como melhor amigo. Vivemos por muito assim, até eu ir para a escola. Foi difícil a adaptação, os sapatos do uniforme magoavam meus dedos. As paredes da casa, sempre iguais, colocavam limite excessivo para meus parâmetros. Mamãe conferia gentilezas de cidade para que eu criasse meu pequeno mundo incongruente.

Era capaz de descobrir a hora da sua chegada pela forma como o vento balançava as cortinas da mamãe. Elas nunca me enganaram, logo após o frevo do tecido na janela eu escutava as passadas largas de botina de couro no piso de madeira. Chegava pândego, com sua voz falhada, talvez pelo costume de mastigar tabaco. Compartilhava inúmeras novidades. Folhas de várias espécies para chás, especiarias moscadas para o vovô, objetos exóticos de cantos desconhecidos e fotos de naturezas distantes que pareciam quebra-cabeça de muitas peças.

No primeiro dia ficávamos grudados, no segundo, os fragmentos começavam a se deslocar. Era quando eu geralmente já sumia para a rua. Você então ajeitava as coisas da casa. No terceiro dia, seu vozeirão minguava e você começava a ter certos caprichos bobos, não conseguia se aquietar por nada. A estrada já dava sinal em sua pele, era nítido, e você seguia. Eu chorava, e num abraço acalorado entendia o quanto era amada. Ficava a insegurança, talvez pelo abandono de mamãe, até que a rua me desligava de possíveis traumas e tudo voltava ao normal. Eu e o vovô voltávamos para a nossa rotina de forma tranquila. Uma lembrança que nunca me saiu da cabeça foi um feriado de Natal. Esperávamos o motor estacionar no gramado, você tardou, chegou alto de bebida. Brigou com os tios e fez mamãe chorar. Não ficou nem para o café. Apesar desse e de alguns outros desencontros se mostrarem frequentes, eu sempre conseguia sentir no ar um cheiro diferente quando você estava por vir. Essa lembrança, hoje em dia, me faz por segundos entender os motivos da mamãe. Vocês sempre pareceram apaixonados, mas ainda assim lhe culpei.

Quando comecei a elaborar os acontecimentos, esse lamento me pegou de jeito e eu parei de cair na estrada com você. O costume de quinzena se alargou. O Opala já não lhe acompanhava e você trazia caminhonetes novas. Acordei, por anos, todos os dias, achando que mamãe estava em casa. Quando me dava conta de que não, saía para a rua. Só tinha moleque, nunca pulei elástico ou troquei papel de cartas. Em compensação, eu jogava no melhor time de taco do bairro. Aprendi a dar nós de escoteiro para fazer balanços improvisados nas árvores, jogar bolinhas de gude, bafo, roubar laranja na plantação do seu Efigênio, tocar a campainha de Dona Gonzaguinha e sair correndo, trocar as correspondências dos vizinhos e até mesmo brigar pelas calçadas. Coisa que só os mais encrenqueiros topavam, com a única menina da turma. Francisco nunca deixou de me ajudar. Eu estava sempre suja, imunda. Vô Manoel ria, me mandava tomar banho na lavanderia. Essa infância definiu minha personalidade, meu modo de encarar a vida sem cair na fragilidade feminina daquela época.

Uma das coisas que mais me marcaram foi o homem do rádio, conhecido como seu Efigênio. Um homenzinho franzino, de cabelos alvos e finos. Andava pelo bairro e outras bandas atrás de equipamentos de som quebrados ou sem uso. Recebia a molecada em seu terreno ao lado do sobrado e deixava que jogássemos futebol. Sua esposa, dona Mercedes, era professora de piano e sempre nos oferecia refresco ou geladinho. Ainda que eu adorasse viver num mundo masculino, por força da natureza tinha momentos em que eu não me encaixava. Era então que me refugiava na oficina de seu Efigênio. Ele passava o dia montando e desmontando peças, limpando e organizando cada uma delas. Existia uma enorme prateleira onde ele apoiava cada equipamento, os rádios-relógios sempre com a hora correta. "O tempo é a única coordenada certeira que temos nesta vida. Se estivermos de acordo com ele, tudo corre a favor", dizia com sua voz de homem bom.

Ele me mostrava frequências que ninguém conhecia, e comentou que me ajudaria a montar uma rádio pirata, onde eu poderia escolher quais músicas tocar ou notícias dar, desde que eu só desse informações de relevância e que deixasse as pessoas felizes ou mais ricas em sabedoria. Um dia, ligamos todos os aparelhos ao mesmo tempo, cada um em uma estação. Ficamos horas tentando definir o barulho maluco, fascinados com aquela torre de babel. Quando desligamos, ele me disse: "Sinta, o silêncio precisa ser respeitado. Grave isso em sua memória, você vai precisar. Não importa quantos rádios estejam ligados. Você saberá encontrar o silêncio dentro de você". Só fui descobrir que ele tinha razão uns vinte anos depois, quando seu Efigênio e os geladinhos eram apenas recordações de minha meninice.

Quando a Seleção jogava, a rua inteira se reunia no terreno do homem do rádio, onde ele colocava caixas de som em cada canto. Deslocada, eu ficava aprendendo as notas musicais com dona Mercedes. Seu Carlos Alberto, o maestro, havia me presenteado com aulas de piano. A gentil professora me ensinou a cantar, solfejar, conhecer partituras e a usar uma saia. Também me mostrou como enganar a tristeza, quando me apaixonei a primeira vez. "Não chore, menina. Transforme em música".

Quando fui embora de lá, levei de presente um método Pozzoli, um diapasão, dois vestidos e um batom de Dona Mercedes. Um rádio cheio de peças misturadas e um gravador com duas fitas para que eu gravasse novidades e mandasse de volta pelo correio para seu Efigênio. Mandei mais fitas dessas para o Francisco do que para o homem do rádio, mas tenho pra mim que ele sabia que isso ia acontecer. Foi graças a essa atmosfera musical que nasceu em mim o hábito de gravar harmonias, guardar certos silêncios, comer fruta do pé e enganar tristezas.

Hoje, dia do seu aniversário, me vieram à mente todas essas lembranças, meu pai. Tenho consciência de que a fuga da mamãe se deu pela vida, pelo cotidiano feminino, e não por sua culpa. Sinto nunca ter tido a chance de dizer que essa cisma findou, após tantas lembranças remoerem na minha cabeça, sempre me cutucando, talvez para me levar a entender todos os pontos de vista de uma mesma história. As várias facetas de uma pedra.

| quatro

DO ASFALTO ARENOSO AO CÉU

O voar não vem da asa.
O beija-flor tão abreviadinho de asa,
não é o que voa mais perfeito?

Mia Couto

Hoje é Carnaval, talvez por isso me ocorram tantas memórias da Safira com a Alabastro. Tão longe do meu país natal, vez ou outra me apego em exagero a certas tradições que antes não faziam diferença. Os preparativos chegavam a durar o ano todo. Dona Gonzaguinha se mantinha firme com quase um centenário e colocava agulha em linha melhor que moça nova. Alinhavava aqui e lá – saiotes, braceletes e bustiês no próprio corpo das mulheres. Pregava brilho em pano árido, fazendo de todas rainhas. Foi quando vi o que posso chamar de verdadeira aparição em minha vida, menina Luísa toda em prata, parecendo anjo reluzente.

Eu tinha ido ao galpão levar a partitura do samba-enredo da rua, composta pelo meu avô para seu Genival, dono da bodega e a voz da nossa escola, Acadêmicos da Alabastro. Naquele cosmos de gigantes, isopores almejavam encantar com seus tupis, pajés, curupiras e guaranis. Todos em cores de floresta ou brilhos de inseto, junto com pequenos mascarados, cobririam nosso piso cintilante. O vento afrouxava as tranças de Luísa, enquanto a velha senhora ajustava a fantasia. Ela abria os braços, recebia o vendaval sem receio. Seu vestido grudava em seu corpo, mostrando a forma da garota que gostaria de ser pássaro. Sentia voar, ainda que fosse um voo descontrolado, mesmo que por alguns instantes. Seus olhinhos fechados assim imaginavam.

A costureira gritava; para a menina, para mim, para os vizinhos, até para os cachorros, os únicos a obedecerem. A umidade trazia em si o cheiro daquelas pedras, antes mesmo dos primeiros pingos. Eu repetia o nome de Luísa sem cessar, assistindo à sua ousadia de se diluir no vento. Queria ser capaz de dedicar-lhe o voo das aves, menina.

A água caiu, sem dó, muito menos piedade, na pedra seca quase em chamas. Um choque. Luísa saiu do transe e corremos sem saber para onde. Ela trazia nos olhos a luz de quem desafiou a ciência e conseguiu flutuar. Era chuva de apelo.

Debaixo do parapeito da bodega, ríamos sem motivo. Foi quando, pela primeira vez, no olhar sardento da menina, vi que a mocidade havia começado seu rasgo. Sem ferir, com cuidado. O ar surrupiou minha fala quando ela me beijou. Molhado, ligeiro. Um amargo doce que nunca havia experimentado. Nem nos melhores banquetes na casa do maestro. Nem nos docinhos de dona Mercedes.

Depois ficamos parados, assistindo ao estranho vagar dos movimentos. Era a tarde inteira que chovia, era meu corpo que desaguava em apego. Pudera eu guardar a todo custo aqueles minutos para nunca mais soltá-los de nós. Ela mirava o silêncio em busca de reação. Qualquer uma. Buscou em mim algo que explicasse o ato. Algo que simplesmente não ofereci. Foi assim que ela correu, deixando a tempestade dentro de mim. O seu corpo magro estava pronto para qualquer palavra que fosse. E eu fui incapaz de dizer. Vivo da lembrança de correr atrás daquelas tranças, tentando provar minha devoção. Me diluindo em chuva larga.

| cinco

TAMBORIM SINFÔNICO

Escrevo porque não sei sambar. Me tratam como poeta, coisa que não sou, quem cria as palavras da melodia do meu samba é o Genival. Foi numa tarde de Carnaval que conheci a mãe de Heitor, Heloísa já tinha virado partitura antiga.

Sempre tive o maior orgulho de preparar anualmente o samba para nossa escola. Fico meses buscando o íntimo desse mundo para, em harmonia, fazer jus à tal vida dançarina. Minha métrica vira refrão do choro em melodia da Acadêmicos da Alabastro, sempre após essas tempestades de estio.

Gostaria de saber onde se meteu o garoto com a partitura que mandei entregar ao Genival. Deixei claro que era filha única de mãe solteira. Sabia que, com a cabeça avoada do Francisco, o melhor era que eu tivesse ido pessoalmente. Toque de telefone na minha casa, sempre resisto. Nunca gostei de modernidades. Se não era músico da sinfônica, só podia mesmo ser o Genival, ainda mais nesta época de Carnaval, ou o Efigênio me chamando para assistir jogo com churrasco. "Traga logo essa partitura, homem de Deus", me disse antes de qualquer tipo de cumprimento.

Não costumo sair tanto de casa, foi-se a época; me tornei um obsessivo pelos barulhos mundanos. Me atordoam a ponto de quase tirarem o meu juízo. Ainda mais quando coloco minha cara no portão e vejo as cortinas do Manoel, chamando a atenção para um passado que não me pertenceu. Não é de todo ruim ir até o galpão da escola e confesso que, se não fosse a displicência do meu neto, estaria em meu mundinho erudito sem ver a vida como ela é.

Pequenos que somos, assim penso ao ver a tamanha força destes carros alegóricos. Ao mesmo tempo, grandes por nossa própria criação. Carnaval não deixa de ser arte. Essa chuva toda fez a molecada ir para casa e me sobrou algum silêncio para o passeio tão fora de hora.

Minha erudição sinfônica faz parte de um mundo tão irreal que me faz bem sentir a chuva evaporando no calor das pedras. O estabelecimento do Genival tem a simplicidade até nas cadeiras de metal na calçada, já enferrujadas pela vida, mas ainda servem de alento aos trabalhadores. Um pouco de distração em meio à labuta do povo desta cidade que atropela cada ser. Na juventude, onde fica a bodega era um lugar clandestino para jogos. Vim algumas vezes buscar meu padrasto, a pedido da minha mãe. Voltava me xingando, como se eu tivesse culpa de qualquer amargura daqueles olhos cachaçados. Época em que corríamos de chinelo o dia todo. Lembro que apressava meus ensaios e estudos para estar aqui justamente na hora em que Heloísa chegava da escola, mais ou menos este horário. Faz tempo que não reparo, e até achava uma idealização juvenil romântica, mas o brilho que estas pedras transbordam no final de tarde é algo a ser estudado.

Depois de adulto, fui incapaz de me entrosar com os moradores do bairro. Como se a vida viajando pelo mundo com a sinfônica me causasse sensação de não pertencimento. Tinha dúvidas sobre a minha volta a esta casa, quando mamãe ficou doente. Hoje, apenas por causa de Francisco, tenho pra mim que foi uma ideia acertada. Vê-lo crescer no tom singelo da esquina da Safira com a Alabastro, que apesar de até uma escola de samba conter é perdida, esquecida no meio deste mundaréu metropolitano.

| seis

SANFONA ENGANA O PRANTO

Papai nasceu nesta época de Carnaval, por isso sempre estava presente para passarmos juntos. Só consigo me lembrar do vovô Manoel limpando a sanfona para alguma seresta em noite de festa. Não era seu filho, mas a fuga de mamãe efetivou o único genro no cargo. Estranho minha mãe nunca mais ter dado notícias, nem mesmo ao vovô.

O que fazia com que ele, em muitos momentos, ficasse trancafiado em seu pequeno ateliê de marceneiro por dias.

Nessa toada de festejos, ele sentia a falta dela, fácil notar um olhar melancólico em meio à brincadeira dos outros. Preparávamos fogueira no gramado da casa, para que papai se sentisse mais ambientado. Oferecíamos churrasco e música ao vivo. Seu Genival no violão, vovô na zabumba e Dona Mercedes na voz. Até o maestro comparecia, tímido em sua solenidade. A época em si combinava com euforia, certamente pelos preparativos para a escola sair por nossa rua. Famosa que só, vinha gente de outras cidades acompanhar. Seu Manoel encomendava tecido com um árabe lá do centro, doava para dona Gonzaguinha preparar as fantasias. Eu, por ser neta, podia escolher o pano que mais me agradasse, independentemente do preço. Mal posso esquecer do tecido leve de pingos prateados com o qual, mesmo sendo o olho da cara, vovô me presenteou.

Foi a vez em que fui destaque, um beija-flor. Naquele ano, se não me engano, a escola toda estava envolvida na natureza brasileira. Inclusive, o colégio do bairro, já atento a isso, lecionou sobre o tema para que ficássemos ambientados na alegria. Um dos momentos mais profundos da minha juventude foi com essa fantasia. Os olhos de

Francisco mirados em mim, como se eu fosse algum tipo de assombração. Pela primeira vez notei que seu olhar era capaz de sorrir com uma força que transmutava o ambiente, diferente do avô, talvez pelas cavidades que cobriam seu rosto, fazendo graça em suas feições. Caiu um temporal, corremos para o toldo do seu Genival. Ali, eu vivi uma saudade estranha, nunca sentida, como se eu soubesse que sentiria muita falta de tudo aquilo um dia.

Assim, com um rebuliço nas entranhas, emocionada com os olhos risonhos do menino, eu o beijei. Não foi como o esperado beijo dos livros. Nem pior, nem melhor. Foi apenas nosso. Do único jeito que poderia ser. Em tempo algum nesta vida, não sei se pelo calor que subia do chão, pelos nossos corpos molhados de chuva, pela travessura no meio da rua ou pelas afinidades que nos ligavam, tive algum sentimento parecido. Minha total falta de experiência fez com que eu corresse dali e deixasse Francisco ao léu.

Eu sei que ele não merecia. Acho que a transfiguração do seu olhar de menino em olhar de homem me assustou. Não sei se essa impressão foi apenas uma fantasia da minha cabeça. Mas não estava, necessariamente, apesar de desejar, pronta para virar adulta. Fui para a casa da dona

Mercedes. Que me recebeu com abraço de mãe. Limpou as minhas lágrimas, riu da minha ousadia e me transformou de beija-flor em menina. Foi assim que ela me ensinou a enganar o tempo. Cantando. Solfejando notas como mantras e parando qualquer oscilação da mente.

| sete

AROMA DO BEIJA-FLOR DE CARNAVAL

No único Carnaval a que não compareci, febre larga me alcançou. Não sei se pela chuva, pela repreenda de ter perdido o samba do maestro ou se pelo primeiro beijo de amor. Caí de cama, dizem que até delirei. Acredito, pois vêm imagens de lembrança, como flashes de sonhos, de ver meu avô chorando. Não consigo acreditar nessa cena, já que a única vez em que realmente presenciei algo parecido foi na última apresentação dele, antes de virmos para a Itália. Também recordo de Luísa a meu lado, segurando minha mão e rezando baixinho. Um sopro de meiguice que entrava em meus ouvidos de forma desordenada, talvez pela febre, formava algum arranjo despretensioso com as minhas batidas vitais. Se existe milagre, esse foi um.

Me deixa triste imaginar que perdi a chance de ver a menina que pensava ser pássaro desfilar em nossa rua. Algum tempo depois, achei uma foto daquele desfile, na qual o beija-flor aparecia reluzente em meio à multidão. Sem sorriso, mas com braços abertos. Quando lhe questionei a falta do semblante de Carnaval, ela me respondeu: "Estava em desvario, Francisco. Meu beijo te adoeceu". O que não sabe a menina de asas prateadas é que, talvez por aquele episódio, meu corpo tenha lutado tanto para se recuperar. E naquele mesmo dia tive a chance de falar todas as coisas que não havia dito debaixo do toldo chuvoso da bodega do seu Genival. Assim pude, como jovem e não criança, beijá-la calmamente. Senti o gosto salgado de suas lágrimas em minha boca. Me parecia contraditório, aquele sorriso chorar, mas entendi, em algum frio na minha espinha, que aquilo deveria ser emoção. No auge do meu amor, concluí ser o melhor sinal que eu poderia ter.

Daqueles dias em diante não nos desgrudamos mais; o futebol perdeu zagueiro, seu Manoel perdeu a sua ajudante na cozinha, e o homem do rádio, a companheira na oficina. Vivíamos juntos em qualquer lugar que fosse. Ainda bem que estudávamos em escolas diferentes, só assim eu conseguia alguma concentração para a matemática, ciência, letras ou qualquer assunto em que não figurava o amor juvenil. O maestro era rígido nas questões escolares; sabendo disso, sempre me empenhei. Mesmo naqueles dias em que eu estava obsessivo, como um disco riscado que insiste em tocar sua melhor música.

Numa tarde daquelas, sozinhos em minha casa, subimos para o sótão, que ficava no terceiro andar. Às vezes me causava medo por conta dos corredores fundos e quadros que me observavam, com familiares antigos do maestro. Sótão, pela própria força da palavra, já carrega uma mística em si. Talvez por lendas criadas em filmes e livros, pela altura, pela velharia que se guarda em lugares como esse.

Chegamos na hora em que o local estava aquecido e elegantemente iluminado pelo sol do final da tarde. Era uma poeira sem tamanho, que atacava a rinite, mas também contribuía para o espetáculo. Ficamos parados, olhando o pó flutuar nas frestas de luz. Era como fumaça brilhante, introdução de coisa milagrosa, algo do tipo. Não importasse a quantidade de vezes em que ali entrava, e foram muitas, anos a fio; essa parada era estratégica, como uma espécie de "Seja bem-vindo, Francisco".

Nas estantes estavam as coleções do vovô, nas quais inúmeras vezes fui ouvir conselhos de Machado, Eça, Guimarães, Fiódor e por aí vai. Naquele dia, todos me olharam cúmplices de algo absolutamente importante que aconteceria. Foi a primeira vez que dividi aquele espaço tão íntimo com alguém. Passou a ser nosso lugar. Luísa amava a literatura, insistia em ler histórias e muitas vezes as interpretava. Organizávamos festas particulares, dançamos com Capitu, Lucíola e Paulo Honório ao som de Nina, que hipnotizava o piano e, brava, pedia silêncio para desatar a cantar. Tinha vezes em que os bailes eram de gala, com orquestras inteiras, vestidos e gravatas. Havia até mundo mais fútil, que não me atraía tanto, mas que cheguei a frequentar para agradar à menina que sonhava com usar vestidos como os de Elizabeth Bennet. Conhecemos a Rússia, o interior de Minas, o sertão nordestino, Paris.

Não descíamos nem quando o cheiro de broa invadia o espaço. Nem quando o desejo de comer farinha com melado aguçava meu estômago. Somente quando o sol se punha, nos desligávamos de lá. Hoje consigo até mesmo sentir o cheiro das tantas caixas guardadas, folhas de papel, partituras e artigos de jornal, misturado com o doce aroma do beija-flor de Carnaval.

| oito

FÉ DE ATEU

Se eu perdesse o menino, seria extremamente solitário. Em meio à febre ardente de Francisco, me deparei com o mais completo desespero. Rezava com a fé que tanto me faltou por anos, talvez por implicância com a obediência religiosa hipócrita que minha mãe exigia de mim. Naquela semana pude perceber, de maneira comovente, o quanto esta rua salva almas desesperadas, pela atmosfera familiar que nela se criou. Mesmo tentando manter o distanciamento ao qual sempre me dei o direito de forma até antipática com os meus vizinhos, eles se mostraram afetuosos em meu desalento. Esta casa manteve-se limpa, cheia de comidas saudáveis e todos os cuidados que eu não encontraria em templo algum.

Menino se recuperou de uma hora para outra, demonstrando o sorriso ingênuo e otimista em seu rosto abatido. Até Manoel vingou noite ao meu lado. Entre as trocas de panos molhados na testa de Francisco, conversávamos como velhos grandes amigos. Sem destrezas amargas e sorrisos bem ensaiados, conseguíamos de forma autêntica reviver nossa relação de infância. Voltamos a cenários não quistos, numa catarse sem limites, talvez para tentar mudar estruturas. Pela primeira vez vi um homem naquela idade em total desconsolo, quando falamos da menina Ana por horas a fio. Vi a dor de um pai num profundo vácuo sem notícias. Sem saber se estava viva e nem mesmo os reais motivos que a levaram a tamanha loucura. "Não pode ser amor", ele repetia, em um choro desmedido para um cabra da sua idade. Ele me revelou que certo dia ela havia lhe dito: "Pai, por mais que eu queira, não consigo mais viver na expectativa do jantar de final de semana com amigos da rua, fazendo planos de Natal com as famílias. Eu vivo do que está atrás de uma névoa fria. Seja lá o que for. Eu vivo para sentir as poças do chão molharem os nossos pés. Do imprevisto do céu, da ida aos eventos desconhecidos, vistos nos cartazes desses muros mal pintados, da graça de antros onde o dia não chega, da amizade dos nunca vistos". Disse meu amigo não ter dado muita bola, achando apenas ser maluquice ou uma fase passageira. "O fato é que ninguém a ouvia, Carlos. Nem mesmo eu. Ela deu todos os indícios com essas palavras tão claras". Pobre Manoel, não existiam termos que me ocorressem para consolá-lo.

Também revivemos momentos agraciados pela magia da vida. Em tempos ingênuos, notamos algo assustador, comentamos o quanto eram experientes os adultos nos furtos das nossas almas. Convenciam-nos de qualquer coisa facilmente. Talvez por esse fato, esse tipo de hábito antigo se seguiu de maneira amena na educação de nossos filhos. "Será por isso que estão longe de nós, Manoel?", perguntei, sem obter resposta.

Desabafou também, o pobre homem, sobre nossa Heloísa. "A janela das madrugadas já era pintura, Ana como pincelada forte, ilustrada em horas insones. No escuro que encontrei e não a vi, entendi que poderia ser para nunca mais. Entendi ser fuga para Deus sabe onde. Heloísa sonhou ou entendeu pela atmosfera pesada em que se encontrava a casa. Acordou aos gritos. Cadê Ana, Manoel? Pergunta seguiu a cada esquina, dias a fio. Luísa ficava pela porta, olhava apenas a avó varrendo o chão limpo, cantarolando pelos cantos, quase um murmúrio de desafogo. Não merece uma mãe passar por isso, Carlos. Sei que não foi a doença em si que a matou, mas a tristeza e falta de notícia de Ana. Fica difícil perdoar minha filha, Carlos. Mas sei que, se ela voltasse, eu perdoaria tudo. Heloísa e eu passamos a discutir aos brados na mesa de jantar por tantas vezes, homem de Deus. Ela rezando pelos cantos. Esse devia ser o motivo dos pesadelos de Luísa, que gemia toda noite, exalando aroma de suor pávido pelo quarto. Todas as madrugadas, era praxe eu ir conferir a sombra inexistente de Ana na janela. Com o tempo passamos a agir como se nada tivesse acontecido e dividíamos o pão sovado com a manteiga do café. Para enfim dar um lar sereno para a menina Luísa".

Antes que Francisco melhorasse da febre, tive a percepção de que tudo passou lepidamente, como um ato em palcos bambos. E nossas encenações já eram dignas de grandes aplausos, tamanha a experiência que ganhamos em atuar. Na insistência de permanecer, seguimos no mesmo vagão por um resto de vida. Deixo poetas pela vista de fora. Cada um deles procura, a meu mando, um nome para nossa obra. Eu me mantive longe do meu filho, da minha mulher, do meu melhor amigo e de minha amada Heloísa. Mesmo na casa da frente, no meu egoísmo orgulhoso não cabia imaginar tanta dor. Chorei por noites seguidas para que esse menino sobrevivesse e me desse uma segunda chance de fazer algo, que não fosse a música, dar certo.

| nove

FORA DO VENTRE

Ideu foi o único que soube das minhas questões em relação à maternidade, desde o momento em que soube de minha gravidez. Preferiu dizer que isso mudaria, que seria uma fase, que poderiam ser momentos de depressão; "Nada como o tempo..." e mais inúmeras outras desculpas. Até um dia em que resolvi parar de compartilhar com ele. De fato, já estava grávida, a culpa era minha de não ter me precavido, sabendo da minha deficiência com a sensação sobre a falta de liberdade. Sempre gostei de crianças, mas a maternidade me assustava. Casamos, fomos felizes, não minto. Me apeguei ao bebê. Luísa sempre foi boa menina e nunca deu trabalho, meus pais estavam em êxtase. Tudo era perfeito, não havia motivos para reclamar, só poderia agradecer. Conseguia, inúmeras vezes, viver com essas frases feitas às quais pessoas como eu se apegam para não enlouquecerem.

Acontece que algum sentimento dominador, daqueles que não se adestra, sempre pulsou sem cessar. Nunca soube explicar se era pânico, euforia, tristeza ou alguma prisão em que me enfiei pela própria sorte e graça da vida. Quando conheci Ideu, eu senti uma atração por aquele homem que vivia voltando cheio de pó da estrada, com suas botas rudes, e dizia não enraizar em canto algum. O cheiro que ele tinha, lembro bem, bálsamo de liberdade. O único que naquela rua vivia fora dos padrões.

Nós vadiamos na primeira noite. Comportamento, para a época, digno de duas pessoas completamente soltas. Sem recatos ou vergonhas, entregues. Julgamentos não combinam com sexo. Essa identificação foi o nosso maior pecado, almas soberanas não se ligam com nada a não ser o vento, a velocidade, as águas de um rio ou do mar. Ele ia, sempre voltava. Vivemos assim por meses. Hoje até entendo que, para uma jovem como eu, ele era o sinônimo da vida que eu desejava. Mas cometi o pecado de nascer mulher, não que isso fosse desculpa. Entendia bem que, naqueles anos, esse tipo de vida não seria tranquilo para alguém do sexo feminino. Foi assim que eu escolhi o caminho mais fácil, aparentemente. Me apaixonar por um homem que me daria a vida que sonhei.

Foi lindo por muito tempo, mesmo quando consegui barriga. Ideu sempre foi à frente e ouvia minhas questões sem o ar de julgamento. O defeito único, além da bebida, era de não levar tão a sério a minha vontade de liberdade.

Luísa nasceu e ele me prometeu que nunca deixaríamos a rotina nos acorrentar. Conseguimos por um tempo, felizes lembranças. Posso dizer que naquela época sempre tive consciência da minha fortuna. O homem que eu amava, solto por natureza; Luísa apenas nossa e longe dos palpites alheios. Acontece que uma criança, em algum momento, precisa frequentar escola, ter uma rotina, como eu mesma tive. Foi assim que larguei o mundo perfeito e guardei aquele anseio de liberdade em algum pote de conserva ornamentado. Digo isso, pois foi como se eu tivesse deixado esse pote frágil cair no chão. O desejo cresceu tão grande que não via mais algum espaço do mundo sem ele.

Não conseguia mais viver naquela rotina massacrante, a única coisa que me segurava era o sorriso da minha filha. Eu amava a maternidade, disso nunca tive dúvida. Luísa foi o melhor pedaço da minha vida, mas junto com ela veio uma prisão que meu espírito nunca esteve saudável para viver. Me abatia facilmente e apenas queria morrer.

Era impossível tentar conversar com a minha mãe sobre isso. Ela, que se adaptou tão bem a uma rotina dissimulada, sempre soube que nunca amou meu pai como ao nosso vizinho da frente, o maestro. Acho até que essa paixão adolescente cresceu em fantasia não pelo sentimento, mas talvez porque qualquer tipo de rotina nos obriga a criar válvulas de escape. No mundo de dona Heloísa, era a fantasia de um amor juvenil. Se ela estivesse doutrinada do outro lado da rua, olharia para a casa de papai. Assim sendo, cheguei a tentar conversar com o seu Manoel, ele apenas repetia, como Ideu: "Minha filha, sua vida é boa. Pare de inventar mazelas. Isso passa".

Meu mantra: "Isso passa". Acontece que nunca passou. Foi assim que eu fugi, não por amor, como acredito que dizem por lá, nem por loucura. Foi por minha personalidade, essa que nasce com a gente e nos diz exatamente quem somos. Sinto falta da minha menina, e se pudesse eu a levaria comigo, mas sabia dos sofrimentos que me estavam predestinados e seria muito egoísmo enfiá-la nessa enrascada. Nunca voltei, nunca mais dei notícias nem olhei pra trás. Uma fugitiva não tem passado, quem foge da rotina não planeja futuro, mas sabe bem o que quer. A liberdade não tem afetos.

Já se passaram trinta e dois anos desde o dia em que olhei para os olhinhos de Luísa pela última vez, mas tenho certeza de que aquela menininha, bem no fundo da sua alma, em algum momento vai entender os meus motivos. Afinal, esse sentimento de não pertencer ao sistema deve estar no seu DNA. Sei que Luísa, sendo filha minha e de Ideu, neta de Manoel e Heloísa, terá alma para me perdoar sem grandes traumas. O que me faz ter essa certeza é eu ter deixado minha menina na rua onde fui criada. Assim sendo, família nunca lhe faltará, e se quiser pegar estrada vai saber seguir a fundo como as botas do seu pai. Nessa época, será menos árdua a escolha de uma mulher. Da esquina da Safira com Alabastro, para mim, resta apenas a lembrança de suas pedras brilhantes.

| dez

PÁSSARO DE PAPEL

Naquela época, já não havia mais motivos que me fizessem querer sair desta rua. Meu pai sentia fundo a vontade de me levar com ele, como quando eu era pequena. A solução que ele encontrou foi passar a convidar o Francisco para pegar estrada com a gente. Todas as férias, virou praxe, passávamos no maestro para pegar o neto e seguíamos para Firmina, cidade que nem no mapa consta. "Somente alguns podem enxergar a cidadezinha", contava papai. Nessas viagens, ele falava muito sobre a minha mãe. Não existia mágoa, papai era um homem sem qualquer tipo de apego que lhe fizesse estancar.

Eu e Francisco dividíamos o banco da frente, nos tornávamos ouvintes da história de meu pai e minha mãe. Curioso foi ele nunca mais ter se relacionado com nenhuma outra mulher. Inclusive, sempre insistiu que jamais encontraria alguém que soubesse compactuar tão bem sua liberdade como a Ana.

Desde que Francisco começou a viajar com a gente, essas histórias se tornaram mais leves, como se o posto de filha abandonada estivesse se transformando em alegoria. Talvez porque, quando se percorre estrada, somos livres, completamente. Foi importante vivenciar isso com algum cúmplice também, poderia até ser uma amiga, mas foi Francisco. Fora da nossa rua, éramos realmente eu e ele, como se mais nada existisse. Sem olhos que nos conhecessem desde bebês, com autoridade para nos mandar ou "aconselhar" sobre o que fazer com nossos passos.

Corríamos desajuizados, ríamos sem saber motivo. Vem em mente o voo do papagaio de papel. Francisco me olhando enquanto me ensinava empiná-lo: "É assim que você pensa no amor? Olhando para o alto e procurando o pássaro de papel?". Hoje, é exatamente assim que eu penso no amor. A seda colorida do céu às vezes volta, às vezes rasga-se antes do pouso. Vivo seguindo o trajeto dessa linha invisível entre mim e o eterno. Procuro nossa infância, nossos vizinhos, meu avô, o seu, sua gargalhada, nós. Um dia voarei para o seu lado, seguindo essa fita sutil do seu passado em origami.

Será que você lembra dos truques de mágica do Tonico, Francisco? Desastrosos como nosso amor juvenil. As pessoas aplaudiam sem saber dos bastidores. Menino sofrido que era, morava na fazenda, fugia com a gente para ficar longe do padrasto mal-amado. Corríamos, os três, sem saber o rumo. Atrás de alento, de respostas, de sonhos, de nós. Queríamos salvar nosso amigo e, para distraí-lo, fabricávamos pássaros com cola e tesoura. Um mais colorido que o outro.

Será que você lembra do sotaque do seu Guido? Rouco pelo cachimbo e dengoso com a vida, generoso com sua esposa, cozinheira da fazenda. Fazia som de viola, contando histórias do mar, tão longe da sua realidade. Talvez por isso ouvíamos atentos; pela curiosidade, por simpatia, pelo meu pai, por nós. Tonico vinha fugido de sua casa e dançava. A gente ria e depois sumia pela fazenda. Contávamos pontos no céu, imaginando nosso futuro. Juntos. Ironia.

Posso sentir o cheiro dos bolos daqueles lugares e até mesmo a textura, macia. Você sujava-se todo, com farelo, cobertura. Nossas férias eram norteadas pelo aroma fresco do café, do fubá, alecrim, erva-doce, camomila e juventude. Sorte a minha que ainda posso sentir aromas de afeto.

Relampeava, meu pai gritava. Tonico corria para não apanhar. Desafiávamos o céu e soltávamos nossas aves. Depois, nos escondíamos da chuva, do papai, do amigo, de nós. Até hoje busco o pássaro mais brilhante, com rabiola de cetim; vários deles. Uma revoada pelos céus. Que cheguem até você, Tonico, vovô, vovó, mamãe, papai, o maestro, dona Mercedes e seu Efigênio. É assim que eu penso no amor. "Corra, Francisco, solte essa linha. Nenhum relâmpago vai nos acertar". Chame de magia. Espero que ainda se lembre de tudo, Francisco. Por nós.

| onze

RETINA TATUADA EM CALEIDOSCÓPIO DAS LEMBRANÇAS

Não lembrando das cores exatas, me surpreendi com o colorido atual. Tinha em mente as fotos amareladas dos álbuns de família. Minha versão mirim insistia em me puxar pelas mãos e arrastar para um caminho de possibilidades já vividas, ainda que eu resistisse. Só parei de me sentir receoso com esse fato inusitado quando passamos por você,

Luísa. Percebi que o marrom dos seus olhos era menos amadeirado do que em minhas lembranças idealizadas; porém, eram bem mais viçosos.

Vivendo em flashes toda uma vida, entendi ser aquele o ponto mais célebre; junto com a primeira vez em que mergulhei nas águas do rio daquelas terras, Firmina. Ninguém por perto, nem seu pai, nem Tonico e nenhum empregado da fazenda. Seus olhos estavam assustados, não sabia se era porque pressentia o que estava para acontecer.

Foi assim, meu beija-flor; as colinas, nossas únicas espectadoras. A fogueira maltrapilha que montamos na sede de volúpia foi a única a nos julgar. Somente eu pudera ver seus cabelos ao natural, que enrolavam embaixo do pescoço arrepiado enquanto os segurava, com sua cabeça caída em minhas mãos, entregue, em festa.

Passo a vida me deixando ser guiado pelo garoto que fui, ele me puxa pelas mãos com desespero para essa específica lembrança, que aprecio como bom espectador. Hoje tenho consciência de que a minha melhor versão era ser apaixonado por você, Luísa. Naquele rio, era como se estivéssemos no espaço, sem gravidade, pelo modo como flutuávamos. Nunca dei ouvidos à minha racionalidade e me mantive convicto de que a felicidade seria eterna.

Talvez por afronta da minha ingenuidade, o tempo nos sabotou, menina.

Éramos tão crianças, insistiam nossos avós. Ainda assim, como eu pude, beija-flor, de um dia para o outro lhe desabitar? Hoje corro atrás de Luísas, do genuíno de sermos nós. Sigo na expectativa imatura do apego púbere reviver. Você desenhava nossos corpos no chão e ainda procuro os rastros desse giz. Você não ria, gargalhava; pelos ombros, cintura e todos os seus poros. Repetia: "Case comigo, Francisco!". Ainda guardo a fita dos seus cabelos, parecem trapos que teimam em se desfazer. Feito fiapo velho, sigo sem o brilho do cetim.

Houve tantas danças por onde andei, e nenhuma foi digna de roubar a sua sombra na parede gasta da fazenda. Você foi a primeira, e talvez por ingenuidade imaginei que fossem todas iguais. Um dia fui embora de você. Para minha decepção, frescor pelo mundo é coisa rara. Aposto que você não perdeu o hábito de gargalhar. Quem sabe canta para algum rebento. Vai ensiná-lo a correr por folhas secas, fazendo rastro em melodia. Apego-me nessa crença por não querer imaginar a sentença do seu sofrer. Pois choro ao lembrar sua mágoa maculada da minha mesquinhez juvenil.

Seria fácil lhe achar. Me prendo na culpa. Talvez seja medo de que certos poemas não tenham sobrevida ou de assassinar saudade. Seria crime? Tranco foto e fiapos de fita para vez ou outra rodar até cair em vertigens, naquela grama mal cultivada.

| doze

DNA EM PARTITURA

Se eu não fosse tão observador nos detalhes de qualquer melodia, provavelmente Francisco e Luísa poderiam me enganar. Algo nesses dois mudou, isso é fato, sei muito bem que estão de namorico. Ontem mesmo eram crianças, Francisco, um chorão, e a menina Luísa adorava mangar dessa característica. São tão jovens. Na verdade, eles têm a idade que eu e a avó de Luísa tínhamos quando nosso amor aconteceu. No sótão desta casa, numa tarde de sexta-feira, quando a minha mãe se encontrava no galpão da rua, ajudando dona Gonzaguinha na costura, e o meu padrasto não havia voltado do seu consultório, no centro.

Eu deveria estar no conservatório, mas naquela manhã, na escola, Heloísa disse que precisava muito me falar. Marcamos na minha casa. Luísa tem os olhos espertos da avó, esses eu conheci bem depois que nos tornamos adultos, entre prateleiras de quinquilharias. Tenho muita preocupação com a menina, não com Francisco. O garoto assumiria qualquer tipo de responsabilidade. Mas ela merece ter a chance de explorar o mundo. Para que não viva o sonho como a mãe, em recalque e idealizações. Vou ainda mandar essa jovem menina estudar música em outras terras. Assim como levar Francisco para conhecer o senhor meu pai. O menino nem sabe da existência desse bisavô, eu mesmo nunca o conheci, fui criado achando que havia sido concebido pelo meu padrasto e minha mãe. Entendo os reais motivos de dona Eduarda, na época, ter mentido. Mas natureza não engana, meu DNA entendia que não era do mesmo material daquele homem sombrio, e confesso o grande alívio de descobrir que meu pai era um italiano que passou por essas esquinas em algum momento. Ainda mais quando ela me contou que ele havia se apaixonado por duas coisas, minha mãe e a aurora deste lugar. As cartas estavam muito bem guardadas e nunca entendi por que mamãe nunca as mandou. Talvez pelo medo de não receber resposta ou até mesmo de receber, já que era casada com outro homem. Desse segredo, nunca vou saber.

A boa caligrafia da época, que se faziam todas iguais, delineava a trajetória de mamãe depois que meu pai foi embora. E pelo que ali dizia, ele nunca soube da minha existência. Também havia uma foto, dois jovens rindo na porta da casa de jogos, onde fica a bodega do Genival. Em frente de casa. Mamãe não era a matrona que conheci, de cabelos penteados, ali era moça esguia com cabelos ao vento. Mantinha expressão leve como nunca pude imaginar. Guardei aquelas cartas comigo, tinha ali o meu bem mais precioso. Meu mapa genético. Sabia que um dia eu voaria à Itália para conhecer aquele homem, não imaginei demorar tanto. Sentia que olharia os olhos da foto, bem na minha frente.

Andei muito ocupado com uma apresentação importante da sinfônica, e confesso que a seriedade do meu trabalho me custava saúde. Não era nenhum jovenzinho, e as batutas aos ares já me doíam os ossos. Havia guardado um bom dinheiro e tinha o interesse de ir atrás do senhor meu pai, nem que fosse para vê-lo enterrado: estar junto daquele homem de quem eu era a metade desconhecida. Gostaria inclusive de levar Heitor e Francisco.

| treze

CALIGRAFIA MATERNA

Minha mãe me fez viver grande parte da infância e adolescência na igreja ou cercada de figuras cristãs, por pouco não virei freira. Na verdade, foi Carlo que interrompeu esse traçado do destino ao dar o ar da sua graça. Na esquina da rua Safira com a Alabastro, naquela época, todos tinham o destino traçado. Para meu pai, o meu era o caminho de Deus. O que ele não esperava era que a visita de Carlo Alberto, filho de seu grande amigo, abalasse esse destino já acertado. O jovem veio estudar e ficou hospedado em casa. Eu era um ano mais velha que ele, mas o seu porte e jeito lhe faziam parecer anos mais experiente.

De fato, era. Descobri que a idade deveria ser medida pelas experiências vividas, e não a soma dos anos. Carlo contava sobre italianas ousadas, experiências que eu jamais poderia imaginar e que me causavam calor. Me tratava como irmã mais nova algumas vezes, como amiga na maioria delas e como mulher em outras tantas. Estas é que me deram e tiraram a paz até o fim da vida, estas me faziam querer viver.

O menino italiano fez partida, como já era previsto. Ficaram as cartas, que logo nos impediram de corresponder. Afinal, meus pais já haviam decidido por mim, deveria o quanto antes me fazer noviça. Uma coisa eu aprendi, não se brinca com o destino, traçado ou não; por mais que pareça, muitas vezes não é você quem manda. Zombeteiro, ele se mostra patrão. Foi assim, sem ares de zombaria, que um acontecimento inusitado fez tudo mudar. O zumbido de reza, talvez por algum tipo de transe, me trouxe uma vertigem desmedida. Sofria em brasa pela febre que experimentava há meses, com a lembrança do menino italiano roçando a pele em minha perna. Veio em mente o cheiro do dito. Alfazema de delírio, me tirava a concentração. De fato, há muito me custava esforço aquela vocação que fora incutida desde o meu nascimento. O apelido de "santinha" já me pesava nos ossos.

Não podemos negar que a religião nos pega muitas vezes pelo medo. Eu era medrosa! Mesmo assim, existia a brecha da lembrança que vira e mexe se fazia imponente. Ainda que na falência da minha devoção eu ainda preferisse a decência tranquila de ser santa ao fogo ardente que sentia entre as pernas desde amar o tal italiano. Custava-me culpa e noites mal dormidas. Já era sabido que estava prometida a viver em clausura pelo amor do Santo Pai. Desde o dia em que nasci do avesso, quase sufocada. Sobrevivi apenas por um sopro de milagre concedido, certamente, pela reza de minha mãe.

O calor da igreja e a falta de ventilação não eram sensações desconhecidas. Nunca tive espaço que não fosse infectado de tanta opinião. Senhor meu pai, homem muito respeitado e temido, se é que um adjetivo pode compactuar com o outro, nunca deu liberdade para vontades femininas. Quem diria desejos tolos, como o de ser bailarina. Empurrava para dentro qualquer assédio da vida para aspirações desmedidas. Curioso foi que, justo naquele dia, o ar empoeirado de ritos vingou em súbito a minha alma. Na reza, no atordoamento de frases santas repetidas, senti um gozo incabível por devaneios condenáveis. Caí no chão da sacristia.

Ouvi apenas os dizeres das rezadeiras: mau-olhado, feitiçaria. Rezaram mais e mais. No zum-zum-zum divino e alucinante, eu ria, suspirava e contorcia-me de prazer. Em febre insana repetia aquele nome pervertido: Carlo Alberto. Nessa reza pecaminosa, deram por fim as orações.

Senhor doutor veio com confirmação de súbito: gravidez. O menino jovem experiente já estava bem longe do nosso horizonte, foi então devidamente sepultado do meu futuro por desejos paternos. Trataram de me mandar para convento, enlouqueci. Disse que se me tirassem o filho, mataria nós dois. Papai tratou de correr com desfecho. Me casou com Robertinho, filho do embaixador. Disse que seríamos família e que para todos essa criança seria dele. Sabe-se lá quanto tostão ele ganhou para compactuar com ares de ator tanta mentira.

Não posso mentir que vivemos, em alguns momentos, com certa harmonia, e Roberto nos tratava como família.

Apesar de sempre conter em si, mesmo aceitando contrato, que Carlos era bonito demais para ser filho dele. Por ciúme ou machismo, muitas vezes o tratava mal. Que culpa tinha o meu menino? O padrasto não era alma ruim, sempre se arrependia. Mas Carlinhos, de alguma forma, percebia ser estranho. A coisa degringolou depois da morte de papai e o dinheiro acabou. Robertinho não gostava de trabalhar e teve que partir para a lida, passou a beber todos os dias. Nosso inferno acabou quando, numa madrugada, desavisado pela rua, foi atropelado por caminhão.

Ficamos eu e Carlinhos, meu menino musical, vivemos muito bem com o pouco de renda que restava. Nunca tive grandes ambições. Talvez por ser, desde nova, preparada a viver em convento, trabalhando o respeito ao desapego. Essa rua nos enchia de amigos, alegria, e eu ganhava a vida fazendo broas, assados e bico com a costura da Gonzaguinha. Fazíamos dezenas de vestidos de noivas em um semestre. Contei então ao menino, quando se encontrava com idade de compreensão, que Roberto não era seu pai.

Por vergonha de não ter sido forte o suficiente e ter tirado o direito de paternidade de alguém, não dei grandes explicações. Me surpreendeu a maturidade de Carlos, que em momento algum se achou no direito de me ofender, questionar ou julgar. Apenas me abraçou fortemente e disse que me amava. Acho que, na verdade, sentiu alívio de não ser filho do Robertinho, e pela ruim experiência que teve com ele, preferiu encerrar o assunto. Anos depois, quando meu menino viajava com a sinfônica, tão novo e desiludido com o amor da espevitada Heloísa, consegui através de um detetive muito bem recomendado o endereço do italiano. Esse papel com nome de rua e numeração me custou caro. O medo nunca me deixou que enviasse as minhas cartas contando sobre meu amor e o nosso filho. Mas o fato de escrevê-las me trazia o consolo de poder conversar sobre isso com alguém que não fosse Deus, ou o Espírito Santo.

| catorze

EXPIRE NO DOBRO DE TEMPO DA INSPIRAÇÃO!

Enquanto o meu professor de yoga diz que a respiração é o segredo da vida, penso no quanto essas lembranças me causam uma espécie de soluço. Como se, ao parar com o ritmo do ar em meu corpo, eu pudesse parar o tempo e andar para trás. Minha vida seguiu, sem sobressaltos. Até mesmo descobri o paradeiro de mamãe. Acontece que o simples fato de saber que ela estava viva fez com que eu não quisesse nosso encontro de forma alguma. Num egoísmo infantil, cheguei a ter a sensação de que seria melhor para mim a notícia de que ela estava morta. Não teria que lidar com esse abandono. Por mim, por meu pai e pelo meu avô. Somente seu Manoel, como pai, poderia sentir-se aliviado com essa notícia. Depois, superei, perdoei, inclusive. Ela fez o que pôde e fui muito feliz em minha primeira infância, ironicamente, com os pilares de família que ela mesma construiu em mim. E foi, sim, minha mãe a única a construir os pilares mais fortes. Como todas as mães que passam as vinte e quatro horas dos dias com seus pequenos bebês no colo – ninando, amamentando, zelando, amando. Esse amor eu tive de sobra! Como culpar minha mãe Ana se, graças a ela, eu ainda posso sentir na memória esse cheiro materno de amor? Apenas agradeço e a amo.

Expiro mais demoradamente do que a inspiração, cabeça inversa, na postura do cachorro olhando para baixo, o professor nota em meu peito alguma angústia entalada, desde a primeira aula. Empurra delicadamente com as mãos minha coluna, comenta: "Inspira sem soco, Luísa.

Isso, solte o ar lentamente. Certifique-se do momento presente". Isso me faz pensar por que estou há dias pensando na rua Alabastro, enlouquecidamente. Tive inúmeras chances de lhe procurar, Francisco. Depois de meses da sua viagem para a Itália e da minha ida para a bolsa de estudos no conservatório de Tatuí, percebi que, assim, como tudo na vida, as minhas despedidas não são faladas, sondadas ou previstas, elas apenas se mostram com o tempo. Já sabia lidar bem com isso.

Foram meses de trocas de fitas, cartas e telefonemas. Durou, inclusive, mas a vida segue, vocês não voltariam da Itália, eu não iria. Não tinha nem cabimento, tão jovens que éramos. Uma vez, Francisco, cheguei a imaginar nossa vida inteira.

A sala ficou à espera das suas feições preocupadas diante do telejornal, da poltrona amaciada pelos seus cochilos no fim da noite. Dos gritos em cada gol, no futebol de domingo. Das tampas de caneta perdidas pelas anotações das contas mensais. Das caminhadas insones pelo tapete.

A cozinha ficou à espera das minhas panquecas em dias especiais. Do cheiro de frutas picadas na tentativa de começar o regime. Do aroma do refogado de cebola e alho a cada refeição. Dos gritos de chamado para todos sentarem-se à mesa. Dos seus sonhos refletidos na janela que dá para a rua. Da coluna descansando nas cadeiras desta mesa decorada com flores do quintal.

O corredor da entrada ficou à espera das suas chegadas esfuziantes. Da correria dos cachorros para recebê-lo. Das cartas a serem abertas na cristaleira. Dos seus casacos largados no cabide. Do carinho na cabeça das crianças, atentas para os docinhos do seu bolso ou algumas moedas dos trocos do dia a dia.

O banheiro ficou à espera dos nossos murmúrios matinais, na tentativa de organizar os afazeres diários. Do beijo com hálito íntimo todas as manhãs. Dos choros pelas brigas bobas e abortos espontâneos sofridos ao longo da vida. Da fumaça do cigarro escondido sumindo por essa janela pequena. Dos banhos calorosos, pegos desprevenidos nas horas das reconciliações. Do cheiro do sabonete que identifica o seu corpo. Dos pelos de barba pela pia. Da alegria do exame positivo.

A grama do quintal ficou à espera dos pezinhos da menina, rodando pra lá e pra cá, dançando com suas saias de filó e tiara de anteninhas na cabeça. Dos cachinhos ao vento. Dos mergulhos profundos em mares nunca visitados na nossa piscina de plástico. Da bola voando pelos ares em nossos jogos de final de semana. Dos latidos dos cachorros querendo entrar. Dos sonhos mirando o céu, na vivência de algum amor juvenil.

Eu preciso guardar o nosso passado, certificar-me do momento presente. Para, quem sabe, respirar sem o soluço do abandono.

| quinze

UM MOVIMENTO DEPOIS DO OUTRO

Recebi o programa da sinfônica, um pequeno lanche e um carinho na cabeça de uma moça educada. Papel grosso, letras em relevo. Apresentava a orquestra, o coral, os solistas e meu avô, além da programação:

W. A. Mozart: *O Empresário*, K. 486 | Abertura (5'). N. Paganini: Concerto n.º 1 para violino e orquestra em Ré

Maior, op. 6 | I. Allegro maestoso – tempo giusto (20'). L. V. Beethoven: Sinfonia n.º 7 em Lá Maior, op. 92 | I. Poco sostenuto –Vivace (12').

Sentia certa intimidade com esses compositores. Foram muitas histórias sobre Wolfgang Amadeus e Ludwig que ouvi do maestro. Quando eu estava doente ou aperreado com algo, ele sentava-se e me distraía com curiosidades sobre eles. O pai de Beethoven o forçava a praticar sem fim para atingir o mesmo nível de Mozart. Pobre menino! Competir com alguém que produziu mais de seiscentas criações, consideradas obras-primas, e que aos seis anos de idade já compunha com destreza. Não deve ter sido fácil.

Os músicos foram direcionados ao palco, achei a hora oportuna para ir ao encontro de vovô. Estava entusiasmado com tudo aquilo como nunca estivera antes. Em sua sala, o encontrei sentado, de cabeça baixa, acocorado em uma cadeira. Feições encruadas, óculos na mão, olhos fechados. Poderia dizer até que chorava. Não condizia em nada com a postura daquele homem. Achei melhor me afastar, afinal, nunca tivemos algum momento de cumplicidade tão íntima.

Junto com alguns convidados, fui colocado numa cadeira que ficava bem de frente ao local onde o maestro regia. Os músicos, já em posição, ainda ajeitavam os instrumentos: violinistas à esquerda, baixos e sopro à direita. Por último, o maestro Carlos Alberto Silvério, que recebeu muitas palmas. Eu me emocionei como nunca pude imaginar, já não havia vestígio da postura encruada, ele era grande novamente. Tronco forte, ereto, cabelos brancos bem penteados. Entendi ali que nunca lhe caberia outro nome ou qualquer apelido. O maestro – que dizia mais sobre ele do que o próprio nome e sobrenome – Carlos Alberto Silvério fez a sua reverência para o público e começou o espetáculo. Não sabia se eu fechava os olhos para sentir a música ou se observava meu avô comandar a atração. Aquilo para mim foi a verdadeira compreensão da grandeza do universo, por algumas horas entendi o sentido da existência. Meu avô voava, nos mostrava o céu e lugares jamais conhecidos. Foi sua última apresentação.

Dias depois, ele me abraçou fortemente e disse que iríamos viajar. Ele queria muito conhecer e me apresentar para uma pessoa, um tal de Carlo Alberto Ciccione, seu pai. Descobri naquela viagem que o meu pai havia falecido dois dias antes do espetáculo, numa missão da Marinha. Confesso envergonhado que não tive muito tempo para sofrer, não sei se pela distância que nos cabia ou por estar diante de tantas novidades que vivi com o meu avô. A orquestra foi o marco, quando saí da infância sem perceber, num piscar. Foi quando deixei a casa com pomar, os brinquedos, a memória dos meus pais e a menina com ares de pássaro. Conheci meu bisavô, já bem velhinho. E junto com o maestro rodei o mundo, ouvindo histórias sobre Antonio, Franz, Wolfgang, Johann, Sebastian. Hoje, Luísa, passo os restos dos meus dias com a lembrança adocicada do beijo num parapeito chuvoso. Nunca outra alma chegou perto de preencher a minha como você fazia, como somente as cortinas da sua mãe me brindavam, dançando ao vento, e em pequenas vezes dando espaço para as minhas fantasias ao ver sua sombra, de relance. A sua sombra, Luísa, agigantou-se e toma conta de mim, minha menina. Obrigado por ser meu primeiro e único amor.

| dezesseis

SINFONIA – ÚLTIMO MOVIMENTO

Minha mãe dizia que, quando as mudanças estão para acontecer, são rompantes, tudo vem de uma única vez. Porque, do contrário, elas não acontecem. "O ser humano teme mudanças, Carlos". Ela realmente tinha razão, as grandes rupturas da minha vida vieram como furacão, sem a chance de olhar para trás, sem o tempo de respirar, de pensar e até mesmo de entender. Como as óperas de Wagner.

Quando tive a ideia de visitar meu pai, eu ia deixar o Francisco na casa do Manoel. Buscar meu passado e entender um pouco mais sobre mim antes que ele morresse era o melhor a fazer. Já pensava em me aposentar, mas ainda gostaria de fazer as sinfônicas do verão e outono do próximo ano.

Mas, de fato, a coisa que eu mais planejei, imaginei e idealizei foi a minha reaproximação com Heitor. Buscar meu verdadeiro lugar de pai, acatar com humildade e aconselhar meu filho a ficar perto de mim e do Francisco. O menino já era órfão de mãe, não era justo ser órfão de pai vivo. Já havíamos combinado uma pequena viagem ao interior de São Paulo em suas férias. Teria essa conversa com ele. Para ser bem sincero, fazia uns três anos que postergava esse assunto, todas as vezes que nos víamos. Mas agora, com a aposentadoria em vista e a vontade de conhecer meu pai na Itália, eu estava decidido.

Nunca podemos dizer que a vida nos sabota, ela dá todas as oportunidades. Se olharmos para trás de maneira detalhada fica fácil perceber. Nós a sabotamos, com uma ignorância impressionante. Nossa cabeça não se atenta aos detalhes, aos indícios, ao momento presente. Em vez disso, se ocupa com a preocupação do julgamento. Esse, o maior calabouço de todos, que nos faz prisioneiros de nós mesmos.

Meus planos mudaram ao receber o aviso do falecimento do meu único filho. Carta timbrada da Marinha. Nunca tinha recebido uma. Foi assim, sem despedida, sem corpo, sem afago paterno. Sem a relação paternal que merecíamos e nunca lhe dei. Estava prestes a conhecer parte dos genes que me compõem, mas perdi a outra metade antes de ir. Uma troca injusta, poderia dizer.

Dois dias depois dessa carta regi um concerto importante, por ser justamente a primeira apresentação a que Francisco assistiria. Como contaria a ele? Agora, jamais poderia ir à Itália sozinho; se algo acontecesse comigo, o que seria do menino? Resolvi me aposentar. Tinha economias de sobra para uma vida sem grandes luxos, mas com bastante dignidade até o fim dos meus dias. Não conseguiria mais viver nesta casa com a lembrança da falta de um pai e da minha ausência paterna com Heitor.

Voltaríamos o mais breve possível. Pretendia, inclusive, num futuro, mandar passagens para a menina Luísa, e quem sabe até Manoel. Coloquei a casa à venda para que não houvesse desistência da minha parte. A morada onde fui criado, onde meu filho brincou ao lado da pitangueira e do orquidário de mamãe. A casa onde criei meu neto. O lar onde se consolidou o meu primeiro amor, onde se firmou o primeiro amor de Francisco. Onde aprendi a ser menino e homem e onde tive a segunda chance para a criação de um segundo filho, sangue do meu.

Um passado à venda na tentativa de apagar a dor. Um vácuo sem volta. Queria ter você nos braços, menino meu. Lembro do primeiro choro. Quando você dizia com orgulho: "O maestro é meu pai". Das nossas jogadas de futebol de botão no campeonato que Efigênio promovia na rua. Queria lhe proteger da perda prematura de sua mulher, da orfandade da sua mãe, quando você adolescente se mostrava tão entediado com meus padrões. Por isso consenti não ser loucura essa sua aventura de servir a um país que mal aquece o seu povo, a não ser pelo clima tropical. Natureza mãe, a única que temos.

| dezessete

MÃE!

O fluido de temperatura amena se diluía aos poucos. Talvez por isso eu tenha demorado tanto para perceber que eu vazava. Paria, sem ao menos ter consciência de uma gestação. Era amniótico o líquido que escorria pelas minhas pernas. Quando meu corpo repulso expulsava tanta existência gerada, entendi que eu precisava entrar num compasso de parto. As dores começaram antes de eu estar preparada e minhas costelas em agonia me deram uma fragilidade não quista. Por não conseguir pedir a quem quer que fosse, nem a mim mesma, um chamado de ajuda, eu resolvi dançar com aquele momento solitário.

E num ritmo violento, com os agudos escondidos e os graves abafados, meus gritos não soavam canto e faziam a plateia de espectadores vaiar com uma delicadeza dissimulada, até perderem totalmente a compostura e gargalharem pelo alívio de não serem eles a passar imensa dor. E com teorias de enciclopédias, talvez até por piedade, ditavam ser normal o meu bom estado físico – que, cansado da compreensão humana, nem mais pedia socorro. O líquido foi apenas o início do trabalho que me fez entender que eu não seria mais a mesma, nunca mais.

Me dei conta pela tonalidade transparente da mancha em meu jeans que aquele era o caminho natural, não exigindo grandes preocupações. Num choro de alívio pela tal constatação, enganei a dor. Assumi meu compromisso de mãe, sabendo que a total responsabilidade daquela gestação era o fato de eu estar viva demais. Fui então dando voz às características físicas daquele feto. Como um tilintar, onde nada em volta existia, apareceu o rumor de suas costas, com seu corpo ainda oculto em minhas entranhas. Você existia. Eu já o amava muito por você decidir ganhar vida fora de mim e me dizer quem sou, mesmo que de forma tão abrupta. Soltei sem dó todas as aldravas com a força que a dor nos impõe. Dentro, o espaço se tornava mais vasto a cada contração.

Nesse vácuo era possível sentir o ar ranger, cicatrizando lentamente a pele dilacerada, e então ouvir um rumor de mar. Era como se dissesse: "É preciso mexer as areias para achar tesouros". Era um milagre a consciência de vê-lo fora de mim, em meus braços, tão indefeso. Só consegui lhe oferecer afeto, pois não existia leite para que pudesse alimentá-lo. Você transmutou em asas e partiu sem demora. Se tornou leve demais. Nos retratos de maternidade, ficou apenas ruptura.

—

A rua onde se vive a infância marca a vida como liga de paralelepípedo.

© 2022 Renata Py
Todos os direitos desta edição reservados à
Laranja Original Editora e Produtora Ltda.

www.laranjaoriginal.com.br

Edição Filipe Moreau, Eduardo A. A. Almeida e José Augusto Lemos
Projeto gráfico Marcelo Girard
Foto da capa Marc Pascual (Pixabay)
Foto da biografia Renata Monteiro
Produção executiva Bruna Lima
Revisão Eduardo A. A. Almeida e José Augusto Lemos
Diagramação IMG3

Dados Internacionais de Catalogação na Publicação (CIP)
(Câmara Brasileira do Livro, SP, Brasil)

Py, Renata
  Safira com Alabastro / Renata Py. -- 1. ed. --
São Paulo : Laranja Original, 2022.

  ISBN 978-65-86042-53-5

  1. Romance brasileiro I. Título.

22-127931   CDD-B869.3

Índices para catálogo sistemático:
1. Romances : Literatura brasileira B869.3
Cibele Maria Dias - Bibliotecária - CRB-8/9427

Laranja Original Editora e Produtora Eireli
Rua Capote Valente, 1198
05409-003 São Paulo SP
Tel. 11 3062-3040
contato@laranjaoriginal.com.br

Papel Pólen 90 g/m²
Impressão Psi7/Book7
Tiragem 200 exemplares